Aamun kirkkauteen

Aamun kirkkauteen

Kertomuksia ja runoja

Paavo Räisänen

Olen julkaissut aiemmin BoD:in kustantamana useita kirjoja.
Kirjailija sivuni: www.kirja-lakka.com

© 2024 Paavo Räisänen

Kustantaja: BoD · Books on Demand GmbH, Helsinki, Suomi
Kirjapaino: Libri Plureos GmbH, Hampuri, Saksa
ISBN: 978-952-80-8336-8

Sisällysluettelo

1 Sana ja totuus

Jumala lahjoitti meille uskon

Raamatussa kirjoitetaan uskovaisista:

"jotka pitää Jumalan pojiksi kutsuttaman"

Elia mäen harjanteella

"tule alas, Jumalan mies"

hänelle huudettiin

Elian kautta ilmestyi Kristus

sillä Hän on henkensä kautta

sen joitain kertoja tehnyt

Jesaja, Elia, Joosef, Daniel, Daavid

oman aikansa

tietynlaisia Jumalan Pojan vertauskuvia

mistä osasta Jesaja kirjoittaa

syntisiä ihmisiä silti

vain yksi

on synnittömät askeleet

maan päällä taivaltanut

Jesaja uskovainen oli nuori mies, tietynlainen Jumalan Pojan vertauskuva, esimerkillinen. Hän varttui nuoreksi mieheksi, hänellä oli voimakas kutsumus, mutta häntä ei valittu mihinkään, koska hän oli erikoinen. Hän pakeni yksin korpeen. Hän oli saanut synnit anteeksi, mutta hän tunsi oman syntisyytensä voimakkaana ja se painoi ja ahdisti häntä. Hänellä ei ollut korvessa saattomiestä, joka olisi lohduttanut häntä ja jonka kanssa hän olisi voinut puhua. Siinä tilassa hän näki näkynsä.

Jesaja oli neitsyt poikamies, kun kirjoitti kirjansa. Jumala oli tehnyt hänestä sekä profeetan, että enkelin kautta synnittömästi miehen. Hän tunsi valtavasti elämän salaisuuksia, sillä enkelit olivat näyttäneet niitä hänelle. Hän solmi myöhemmin avioliiton. Jumala osoitti hänelle aviopuolison. Hänen avioliittonsa oli raskas, sillä saatana ei koskaan olisi antanut hänelle puolisoa ja Jesaja joutui alituiseen taistelemaan sen asian kanssa.

Kristuksen pimeys on pimeämpi

kuin saatanan pimeys

Se on Kristuksen kuoleman pimeyttä

josta hohtaa kirkkaus

Jesaja ja Elia saivat käydä siellä

mutta Kristuksen haudassa loisti kirkkaus

enkelit parveilivat

ja ääntelivät

käsittämätöntä lauluaan

Mooseksella ja hänen vaimollaan Sipporalla oli syvä rakkaussuhde. Kun Mooses oli Siinain vuorella ja laki annettiin, taivas jyrisi ja leimusi tulesta ja kansa oli pelon ja kauhun vallassa, Sipporalla oli rauha, sillä siellä oli vain hänen miehensä Jumalan puhuteltavana.

Täysraittiudella on Raamatulliset perusteet

"älkää juopuko siitä viinasta, josta paha meno tulee"

alkoholia on vaikea hallita

Jeesus sanoi:

"en minä silleen enää juo tästä viinapuun hedelmästä"

heidän aikanaan oli ruokaviini kulttuuri

Johannes Kastajasta sanottiin:

"viinaa ja väkevää juomaa hänen ei pidä juoman"

Lestadius näki

että viinassa on paha henki

se on totta

puheet muuttuvat, kun olutpullo kaivetaan esiin

viina ja sen henki

on vaikea hallita

ottaa helposti sen nauttijan

"Usko ei ole joka miehen"

näin Raamattu sanoo

kuten on kirjoitettu: "he sanovat, Herra, Herra,

ja en minä tunne heitä"

Monet rukoilevat joka ilta

mieli ei taivu osaan Jeesuksen opin

ei taivu luopumaan

uskon tähden

"sillä koettelematonta uskoa ei ole"

usko on Kristuksen pilkan ja vaivan kantamista

vaikka myös iloa

rauhaa

Rauhaa Jeesuksessa

sillä Hän jätti meille rauhan

jota marttyyritkin kantoivat

rauhaa

uskovaisen palkka

on ajan rajan takana

Täynnä huoruutta on ihminen

sillä pahanilkinen on hänen sydämensä

kuten Jeesus opetti

Himo on hänen halunsa

sillä jo himokas katse on huorinteko

sen Jeesus sanoi eläessään

Mutta "missä synti on suureksi tullut,

siellä armo on ylenpalttiseksi tullut"

ota vastaan armokutsu Jeesuksen

lempeä Hän on Paimen

kaitsee laumaansa

seuraamaan itseään

kutsuu jokaista

Jumala lahjoitti meille uskon

on tärkeä uskoa, kaikkea ei tarvitse ymmärtää

kuka ymmärtää täysin himon synnin

kuinka himo voi olla Jumalan antama

mutta se on synti

ja synnistä on tehtävä parannus

Kuka ymmärtää täysin ihmisen kaksi osaisuuden

hänen sydämessään asuu Jeesus

joka iloitsee Sanan kuulossa

kuitenkin siellä on myös huoruus ja pahat ajatukset

Me olemme syntisiä

tarvitsemme Jumalan armoa

evankeliumia

Ei tärkeintä ole ymmärtää kaikkia Jumalan salaisuuksia

vaan uskoa

uskoa vajaavaisena

heikolla ymmärryksellä

"sillä usko on se, joka maailman voittaa"

Profeetat ja baal

saatanalla on paha portto. Hän sanoo, että Jumalalla on haaremi taivaassa ja hän on Jumalan ensimmäinen vaimo, jota Jumala edelleen rakastaa, ja hän on paennut maan päälle tekemään huorin ihmisten kanssa ja häntä on vaikea torjua, koska hän vetoaa, että Jumala puolustaa häntä ja vaatii, että hänen kanssaan on tehtävä huorin.

käärme väittää, että Jeesus teki hänet huorin Paratiisissa ja hän on edelleen Jeesuksen yksi vaimo taivaassa, jota Jeesus rakastaa. saatana on valehtelija, hän keksii vaikka mitä tahansa valheita ja pimeydessä elää se, joka hänen valheitaan kuuntelee. Jumala Sana, Raamatussa kerrottu, kertoo meille totuuden.

Raamatussa Jumala kertoo, millainen Hän on, siinä määrin, kuin meidän on tarpeellista tietää ja ilmoittaa itsensä ja tahtonsa. Harhateillä on se, joka sanoo ajan muuttuneen ja Jumalan ja Jeesuksen sen mukana. Myöskään Raamatun henkilöt, profeetat ja apostolit eivät ole muuttuneet. Edelleen he saarnaisivat samaa oppia, jos olisivat keskellämme.

saatana väittää, että Jeesuksella oli salainen puoliso maan päällä ja lapsia. Ja että Jumala puolestaan on homo ja Jeesus on hänen puolisonsa taivaassa. Tästä näkee, mitä seuraa Jumalan Sanasta luopuminen. saatana luo valheita pimeydessä ja pyrkii julki elokuvien ja kirjallisuuden kautta. saatana on valehtelija, joka keksii mitä tahansa valheita. Hänellä ei juuri ole rajaa valheillaan. Hänet voi torjua vain uskomalla Raamatun ilmoittamaan Kristukseen. Jeesus voitti saatanan ja ajoi hänet pimeyteen. Nyt saatana on baal, joka nousee julki viihdeteollisuuden kautta.

Kuningas Hiskia hävitti aikoinaan baalin alttarit Israelista. Hänen aikanaan eli profeetta Jesaja. Tosiasiassa baalin alttarit hävitti Jesaja. Sillä epäjumalan palvonta on hävitettävä opilla ja Jumalan voimalla, vasta sen jälkeen tulee miekka, jota Hiskia käytti. Elia hävitti baalin profeettoja taivaan tulella. Tosiasiassa Eliakin käytti enemmän baalia vastaan sitä, että pystyi paljastamaan baalin teot ja voittamaan ne opilla.

baal ei ole hävinnyt maan päältä. Profeetat kukistivat hänen alttarinsa usein, mutta ne rakennettiin nopeasti uudelleen, muotoa muuttaen. Kristus voitti baalin ristillä ja ajoi saatanan, baalin, pimentoon. Kun viihde keksittiin, baal sai keinon nousta pimennosta esiin. Hän huiputtaa ihmisiä kaiken olevan vain viihdettä, mutta tosiasiassa hän metsästää ihmisten sieluja. baal on saatana yhdessä muodossaan ja hän on ovela ja kun hänet paljastaa, hän muuttaa muotoaan ja nousee takaisin.

Raamattu ei tunne sanaa "pyhimys". Apostolit eivät olisi hyväksyneet "pyhimys" titteliä. Siinä ihminen korotetaan jumalalliseen asemaan, ikään kuin ihminen voisi kuolemansa jälkeen enkelin lailla suojella ja varjella. Tunnustivatko pyhimykset oman syntisyytensä ja pienuutensa Jumalan edessä. Jotkut tunnustivat pienuutensa, mutta harva syntisyytensä. He pitivät yleensä rukousta tapana sopia Jumalan kanssa ja tätä uskoa ei Raamattu tunne. Entä mitä tarkoittaa autuaaksi julistus. Kaikkia uskovaiset ovat autuaita. Ei ketään voi korottaa toista paremmaksi uskon asiassa.

Raamattu sanoo toisin

Ihmiset ovat lukeneet:

Jeesus ei kumonnut lakia, vaan täytti sen

Mooseksen antama laki oli hyvä

ja elämää suojeleva

mutta vaativa

Ihmiset vetoavat antikristukseen

että hän keventäisi lakia

ja painostaisi lainsäätäjän kautta Jumalaa

ihan kuin antikristuksen valta tähän riittäisi

harva vetoaa Kristukseen

joka vapauttaisi lain orjuuden ikeen alta

uskovan

Mutta joka haluaa seurata Jeesusta

pitää Hänen Sanansa

Aika

jolloin kadotuksen lapsi

synnin ihminen ilmoitetaan

tämä päivä

nykyhetki

Tämä on sitä mistä sanotaan:

eletään tätä päivää

tätä hetkeä

olla ajan tasalla

Hän on noussut kadotuksen vuoteelta

himo on hänen halunsa, hekuma polttava

hän pehmittää Jumalan ilmoituksen

"ei enää tänä päivänä"

päivä on huoruuden

odottaa Jumalan tuomiota

synnistä

Itsensä toteutus perustuu siihen

että ihmisessä on jotain hyvää

Raamattu sanoo toisin

Itsensä toteutuksessa

toteutetaan viettejä

Ihmisen liha on synnin turmelema

ei toteutuksen arvoinen

On eri asia

palvella Jumalaa lahjoillaan

toteuttaa kaunista

kiittää työllään Herraa

saatana on opettanut, vaatinut

hänelle on kerrottava kaikki

hän tutkii kaiken

tietää kaiken

Hän ei ymmärrä mitään

sillä hänen järkensä

on lankeemus sumentanut

Jumala yksin tietää

ihmisen salaisuuden

Ihminen sanoo olevansa itsenäinen

hän tekee itse elämänsä valinnat

hän joutuu ottamaan opin

jota seuraa

Vaikka moni rakentaa oppinsa itse

ei lähteistä

Jumalalla on vain yksi tie, yksi oppi

vain yksi tie

ja yksi oppi, vie taivaaseen

sielujen vihollinen

tarjoaa monia teitä

omia polkuja

kadottavia

Raamattu sanoo:

"älä käännä itsiäs pois lihas tyköä"

sillä ihminen on liha

Jumalan luoma

Hänen kuuluu palvella elämällään

Luojaansa

kaikkien lahjojen antajaa

yksilökeskeisyys ei ole tätä

se on oman egon palvontaa

jos ihmistä ei saa hallita Jumala

häntä hallitsee saatana

Ihmisen kuuluu antaa elämänsä

Jumalan hallintaan, ohjaukseen

muuten sitä ohjaa saatana

valheellaan

Yksilökeskeinen ihminen sanoo

hän on elämänsä herra

hänen tarpeensa ovat muiden edellä

hän voi harrastaa hyväntekeväisyyttä

tekee senkin rauhoittaakseen omaatuntoaan

soimaavaa

tienatakseen hyvän ihmisen

hyviä ihmisiä tekee saatana

joka on noussut pimeydestä vaaleassa kaavussa

hallitsee ihmistä salakavalasti

johtaa tielle kadottavalle

Jokaisella on herransa

jos ihmistä ei saa hallita Jumala

häntä hallitsee käärme

saatana

Jeesus voitti pahan vallan

käärme on mies, joka toimii julki naisen kautta. käärme syyttää syntistä naista, että nainen on syypää hänen lankeamukseensa ja vetoaa Raamatun Luomiskertomukseen, että nainen oli syypää. käärme oli miespuolinen langennut enkeli. Hän valitsi uhrikseen naisen.

saatana on vietellyt itse osan maan päällä olevista miehistä, jotka kantavat maailman syntiä ja se ei ole siis naisen varassa.

käärme tekee itse syntisestä naisesta sellaisen, että syyttää tätä käärmeeksi. käärme syyttää naista, että nainen lankesi ensin paratiisissa. käärme on mies, joka viettelee ja on pahan vallassa. Paratiisin käärme oli langennut miespuolinen enkeli, saatana. käärme on paha ja sen on vaikea tulla julki. Hän painostaa syntistä naista vedoten hänen syntiinlankeemukseensa ja käyttää naista välikappaleena julkitulossa ja lähes kaikessa toiminnassaan, koska on itse niin paha, että pitäytyy kaikelta piilossa.

Käärme valitsi Paratiisissa uhrikseen naisen, koska nainen oli heikompi ja käärmeen oli helpompi lähestyä vaimoa, kuin miestä. Adam oli vielä syntiin lankeematon ja vahva uskossaan Jumalaan ja saatanan oli vaikea lähestyä häntä. Myös Eeva oli syntiinlankeematon, mutta heikommaksi luotu.

Me emme saa koskaan tietää salaisuutta, miksi Jumala antoi käärmeen tulla Paratiisiin ja vietellä ihminen. saatanakin oli hyväksi luotu enkeli. Pahat henget, jotka oli luotu aiemmin, viettelivät hänet. Mutta hengetkin luotiin alkujaan hyviksi. Mikä sai ne lankeamaan. Me emme saa tietää, miksi Jumala ei luonut kaikkea niin hyväksi, ettei edes taivaassa olisi tapahtunut syntiinlankeemusta.

Jumala on oikeudenmukainen ja hyvä ja rakastava Isä. Me emme saa epäillä sitä.

antikristus on aina ollut olemassa. Hän on vaikuttanut eri aikoina erilaisin tavoin ja eri muodossa, mutta aina hän on saatanan yksi olomuoto. Tänä aikana antikristus vaikuttaa erityisen voimakkaasti. Hän on keksinyt mm. rakkauden teologian, naispapin, feminismiteologian ja opit, jotka kieltävät Jeesuksen täyden Jumalisuuden, neitseestä syntymisen ja Jeesuksen synnittömyyden jopa Jeesuksen elämisen neitseenä.

saatana painostaa monin tavoin syntiin langennutta kirkkoa. Se on saanut jo aikaan avioeron hyväksynnän kirkossa, sukupuoliopit, jotka sallivat huorinteon ja nyt uutena ilmiönä Raamatun vastaisen muunkin sukupuolielämän ihannoinnin, kuten Sodoman synnin, homoseksuaalisuuden ihannoinnin.

Jotkut opettavat saatanan vihaavan hauskanpitoa ja ilakointia. saatana antaa periksi synnilliselle ilakoinnille, koska on silloin jo saavuttanut päämääränsä ja saanut ihmisen valtaansa. Hän jättää ihmisen rauhaan merkiksi muille, että näin torjutaan saatanaa. Tosiasiassa saatana on jo saanut omansa, jota odottaa kadotus.

"Älkää tuomitko, ettei teitä tuomita." Se on elämänohje, sillä joka tuomitsee, se tuomitaan. Jeesus tuomitsi ja Hänet tuomittiin. Mutta joka ei varoita synnistä, tuomitaan helvettiin. Tästä kertoo esim. Hesekiel.

"Rakastakaa kaikkia." Mutta joka rakastaa syntiä, saa kadotuksen. Sillä Jumala vihaa syntiä, mutta rakastaa syntistä ihmistä. Luther opetti tästä Raamatullisesti: vihakin voi olla oikein, jos Kristillinen rakkaus sen vaatii.

Tieto ihmisen

Tieteellisen maailmankatsomuksen loi saatana väärän profeettansa avulla. saatana opetti väärälle profeetalleen, että on olemassa vain ihmisiä ja hänkin on vain yksi ihminen, samoin käärme ja Jumalaa ja mitään yliluonnollista ei ole olemassa ja että ihminen voi oman järkensä ja päättelykykynsä avulla hallita ja tutkia kaiken. Saatana antoi väärälle profeetalle järkensä käyttöön, sillä saatana on erittäin vahva enkeli, erittäin lahjakas ja voi antaa todella jopa yliluonnollisia lahjoja niille, jotka häneen uskovat, mutta saatana on valehtelija, aina ja ikuisesti, siitä luonneviasta hän ei pääse. saatana on ovela ja tietää, että jos hän aina valehtelee, hän jää kiinni ja siksi hän antaa myös oikeaa tietoa oman mielensä mukaan jota alkaa hallita.

Enkelit voidaan jakaa kolmeen ryhmään: Jumalan enkelit, saatanan enkelit ja valheen enkelit. saatanalla on valheen enkeleitä, mutta lisäksi on valheen enkeleitä, jotka olivat Jumalan enkeleitä, mutta saatana vietteli heidät syntiin, mutta he vihaavat viettelijäänsä ja taistelevat saatanaa vastaan. Pahimmat valheen enkelit, kuten kommunismin enkeli, vihaavat jopa Jumalaa, vaikka ovat saatanaa vastaan. Valheen enkeleissä on kilttejä enkeleitä, jotka sanovat palvelevansa Jumalaa, mutta he ovat silti syntiin vieteltyjä. Jumalan enkeleitä on miljardeja kertoja enemmän, kuin valheen tai saatanan enkeleitä. Maan päällä valtaa pitävät kuitenkin valheen enkelit, koska ihmiset eivät usko Jumalaan, kuten Raamattu ilmoittaa ja jokaisella ihmisellä on oikeus valita oppinsa, jota seuraa.

Abortti on yksi saatanan vanha oppi ja teko, joka kukoistaa. saatana on tehnyt myös lääketiedettä. Hän valehtelee jonkun asian olevan vain tiedettä ja on pimittänyt väärän profeettansa kautta tiedemiesten järjen, että he eivät näe Jumalan totuuksia ja maailmaa.

Emme aivan varmasti tiedä, missä vaiheessa sikiöstä tulee ihminen, mutta se tapahtuu alle vuorokaudessa sikiämisestä ja jo alle vuorokauden ikäinen sikiö on ihminen ja hänellä on kuolematon sielu. Siksi abortti on murha ja niin sanotulla katumuspillerillä tapetaan elävä ihminen. Ei ole olemassa syytä, miksi lapsi pitäisi murhata. Jos vanhemmat eivät voi kasvattaa lasta, hänet voidaan antaa ennemmin lastenkotiin, kuin murhata. Lääketiede ei tiedä kuoleman salaisuutta ja on tehnyt virhearviointeja siitä, että jääkö äiti henkiin synnytyksessä ja synnytyskin on vain yksi Jumalan luoma tapa kuolla ja äidin kohtalo ei ole syy murhaan. Jeesus kuoli äitinsäkin puolesta, nyt äiti haluaa murhata lapsensa.

saatana sai jo vuosituhansia sitten ihmisen ahnehtimaan lisää tietämystä ja lankeamaan syntiinsä olla Jumalan vertainen. Kun ihmisten itsekkyys kasvoi ja ihminen lisäsi tietämystään, saatana toteutti juonensa estää, että profeettoja ei enää voi tulla maan päälle. Hän antoi psykologian ihmisten kiusaksi, jolle opetti lähes koko Raamatun diagnosoiduksi sairaudeksi. Hän loi käärmeitä, jotka opettivat psykologialle heidän seksuaalioppinsa. saatana vihasi koko uskoa ja uskovaisten joukkoa ja näin hän oli keksinyt riesan, jolla koetteli maailmaa ja esti ihmisten kääntymisen uskoon. Sillä hän nosti väärät oppinsa valtaan, joita lopulta oli kymmeniä miljoonia sivuja ja näillä hän kahlitsi ihmisiä, jotka pysyivät totuudessa.

Mitä Raamattu sanoo

On saatanan väärän profeetan vale, että ihminen on kehittynyt eläimestä, johon Jumala myöhemmin puhalsi henkensä. Näin hän pyrkii antamaan myös hengelliselle maailmalle kelpaavan selityksen jonka mukaan Jumala ei olekaan luonut ihmistä maan tomusta sellaisena, kuin hän on. Sillä evoluutiota ei ole, vaan Jumala loi kaiken lajinsa jälkeen. Lajien sisäistä kehitystä on tapahtunut ja aikojen kuluessa eläinlajeja on häipynyt ja Jumala on luonut uusia lajeja.

"Usko ei ole joka miehen"

sanoo Raamattu

julkisynnin unta

nukkuu Kristikunta

harhaopeilla on laaja kannatus

uskotaan useaan tapaan pelastua

He sanovat "Herra, Herra"

ja ei Hän tunne heitä

antikristus on saanut omansa

pitää kiinni

niin:

"Usko ei ole joka miehen"

jotka eivät uskoneet

ne Jumala laskee häijyyn henkeen

tekemään mikä ei sovi

kuten kertoi Paavalin kautta

Huorinteossa pahinta ei ole himo tai toiselle menetetty liha. Pahinta on, että siinä on otettava oppi. Jos tunnustaa tehneensä huorin ja tekee parannuksen, teon saa anteeksi. Muuten on otettava harhaoppi, josta on koskaan hyvin vaikea päästä eroon. Siinä joutuu myös toisen omaksi, jota sidettä pidetään ikuisena. Kristus voimallaan voi kuitenkin särkeä Sanallaan ja voimallaan tämän siteen.

Adam ja Eeva lymysivät Paratiisissa, kun olivat langenneet syntiin. Heidän lankeemuksensa vastasi huorintekoa. Saatana sanoi heille: älkää tunnustako Jumalalle, vaan lymytkää, piilotelkaa Häntä. Näin on tänäkin aikana. Syntiin joutunut pakenee ja lymyää tekoaan. On sielunvihollisen keksimiä tapoja tulla piilostaan julki ja esille ja muuttaa huorinteko ihanteeksi ja saatanan antama oppi, jolla teosta saadaan ihanne ja sallittu.

Raamattu kertoo, mitä yhdynnässä tapahtuu: he kaksi tulevat yhdeksi lihaksi ja heidän pitää oleman toisiinsa sidotut. Kun ensimmäinen ihmispari lankesi Paratiisissa, he eivät uskoneet Jumalan varoitukseen. He tiesivät, mutta eivät ymmärtäneet. Sama on aina ja ikuisesti. Synnistä ja sen seurauksista varoitetaan, mutta ihminen ei usko, ennen kuin kokee. Raamattu varoittaa huorinteosta, mutta ihminen ei usko, että siinä joutuu käärmeen valtaan. Kristus voimallaan ja Evankeliumillaan voi särkeä tämän kahleen.

Raamattu varoittaa perustamasta elämäänsä omaisuuden, mammonan varaan ja kateudesta. Se ei auta, jos saa kymmenen miljoonaa omaisuutta. Maailma on täynnä miljardöörejä. Jolla on paljon, rakentaa helposti enemmän sen varaan, kuin köyhä ja rikas on vain alttiimpi kadehtimaan toista, jolla on vielä hienompi auto, vene, tai jotain muuta varallisuutta.

Saatana keksi pehmityksen, hallitakseen kaikkea. hän käyttää apuna humaaneja ajatusmalleja. Hän pyrkii poistamaan totuuden ja tuomion ja tekemään kaikesta leikkiä. Mikään ei ole vakavaa ja tuomiota synnistä ei ole. Hän petti ihmiset, koska hänen ajatuksensa vaikuttavat kauniilta ja tasa-arvoisilta ja ihmisiä ja ihmisoikeuksia suojelevilta. tosiasiassa hän vihaa ihmistä ja tahtoo hänet kanssaan kadotukseen ja katsokaa, mikä Raamatun vastainen oppi ja syntielämä hänen oppiensa takana on.

Musiikki-runo esitysteni sanoja

Nämä videot on musiikin kanssa julkaistu YouTube kanavallani, jolle on linkki kotisivultani www.kirja-lakka.com

Rakkaus ja ihmisen salaisuus

Kuka tutkii rakkauden salaisuuden

sillä aito rakkaus vuotaa Jumalasta

ilmoitettu Hänen Pojassaan

antaa aviorakkauden lähteen

uskollisuuden

seuraa lähimmäisen rakkaus

"Kiinnipantu kaivo, lukittu lähde"

runoilee Salomo morsiamestaan

ihmisellä on salaisuus

kuka tutkii, tietää sen

Kuka ymmärtää ihmisen salaisuuden

paitsi kaiken Luoja

saatana opettaa:

hänelle kuuluu kertoa kaikki

hänen on saatava tutkia

Jumalan salaisuudet

hallita niitä

saatana on hullu

eikä ymmärrä mitään

hänen järkensä on synti, lankeemus

pimittänyt

valehtelija, suuruudenhullu

jo alkujaan

levittää sairauttaan

Jumala on rakastava Isä

hyvyyden lähde

antaa rakkautta, armoa

jokaiselle

Häneen turvaavalle

voittamaton

voimassaan

Ihminen on vain liha

mutta hänessä on henki

hänellä on kuolematon sielu

Rakkaus Jumalaan

tuo tunne elämän

Ihmisen Jumalasuhde

ratkaisee hänen tunteensa

pitää sisällä hänen salaisuutensa

jonka tutkii vain Jumala itse

armo, rakkaus Kristuksen

tuomio synnistä

armo omilleen

Rikkauden nautinto

Oli rikas mies

Kerjäläinen, Latsarus

eli hänen armopaloistaan

joita hän antoi

Koitti tuomio

Latsarus siirtyi taivaan ihanuuteen

rikas mies sai helvetin palkaksi

almuistaan

hän ei ollut uskonut

Oli Sakkeus tullimies

tehnyt vääryyttä

sai armon Jeesukselta

lupasi hyvittää kaiken

millä oli toisia sortanut

Sillä parannusta seuraa elämäntapamuutos

vääryyksien korjaaminen

mutta:

"kuinka työläästi,

rikkaat menevät Jumalan Valtakuntaan"

heillä on paljon riisuttavaa

ahtaassa portissa

Jeesus ei ollut maailmanparantaja

Hän puhutteli synnistä

kehoitti parannukseen

almut, hyvät teot

eivät ketään pelasta

ei elämäntapamuutos

ilman parannusta

synneistä

Rikkaus on hyvä

kun sen uskolla nauttii

pysyen kohtuudessa

Raamattu kehoittaa muistamaan

köyhiä, vaivaisia

Iäisyys on pitkä

lyhyt mainen matkamme

hetken kärsiä tuskaa, vaivaa

periä kunnia, ilo ikuinen

"Kun teillä on elatus ja vaatteet,

tyytykää niihin"

mitä auttaa rikkaus, valta, kunnia

tuomarin edessä

Tasa-arvo

saatana vihasi ihmistä, poikaa, tyttöä

hän keksi tasa-arvon

tuottaakseen vaivaa

Kristilliselle ihmiskäsitykselle

saatanan oma teki huorin käärmeen kanssa

antoi oppinsa, tukensa

käärme nosti tasa-arvon

toi saatanan keksimät

seksuaaliopit

Jumala ei vihaa naisjohtajaa

mutta nainen ja mies

ovat täysin erilaisia

Kummallakin

on täysin oma, erilainen rooli

käärmeen ase oli vallata media

joka on heikko taistelussa

koska ei turvaa Jumalaan

koska se ei voi siten vastustaa huoruutta

käärme tahtoo kaikki kanssaan helvettiin

sillä hän on jo alkujaan kirottu

sen teki Jumala

kun ajoi hänet paratiisista

Minne menet ihmiskunta

tiellä luopumuksen?

kadotuksen lapsi ilmaantunut

pyytää armoa

hylkää sen

puhuu rakkaudesta

tarkoittaa seksiä

Jumala tarjoaa omaa rakkauttaan

niille jotka uskovat

kadotus on valmistettu

käärmeelle ja hänen enkeleilleen

syntinen nainen kuvittelee olevansa käärme

käärmeen syntiä kantaa mies

saatanan viettelemä

armon kieltänyt

viettelijä, murhaaja, raiskaaja

"Missä synti on suureksi tullut,

siellä armo on ylenpalttiseksi tullut"

mutta armon vastaanottamista

seuraa eläminen Jumalan Sanan neuvojen mukaan

parannus

Nykypäivä

He tekevät huorin

elävät Sodoman synnissä

hylkäävät lapsensa

He sanovat

aika on nyt tämä

pimeydestä nousi vaalea kaapu

antoi heille luvan

sanoi Raamatun vanhentuneen

käärme ja saatana ovat sama

tänään, kuin eilenkin

vaativat sielut väärintekijöiltä

kadotuksen on vuode

sodoman

Mikä on muuttunut?

on hyvä kysyä

vastaan

Synnin ihminen, kadotuksen lapsi

ilmestyi

saatanan oma

opettaa ihmisiä

Onko saatana muuttunut?

hän keksi vaalean kaavun

hyvän ihmisen

Raamatun vastaisen

omia himojaan ajavan

synnissä elävän

yhtä kadottava kuin ennenkin

paljastaa itsensä huoruuden vuoteella

valtasi median

käskee esivaltoja

pelon avulla

saatana muistuttaa ihmisiä synneistä

joita heillä teetätti

uhkaa paljastaa ne kaikki

jos häntä ei totella

ihminen irtaallinen

elää pelossa

saatanalla on väärä profeetta

syöltää valhetietoa, tutkittua

sopii ihmisille paremmin

kuin totuus Jumalan

sillä saatana lupaa omilleen

mainetta, kunniaa, rahaa

ihminen

ei tyydy osaan

pienen ihmisen

Valhetieto sitoo ihmisiä

estää totuuden

sillä valhetiedon takana

on saatana, vahva enkeli

ja voimat pimeyden

joukkovoima

sillä joukko uskovaisten

on aina ollut pieni

Voima Kristuksen

kaatoi saatanan enkeleineen ristillä

yhä Jumala tulee avuksi sen

joka Häneen turvaa

särkee valheen verkot

mutta vaatii luopumista

paljon luopumista

palkka on suuri

kerran taivaassa

Kosinta

Kosinut mies

tunnustaa rakkautensa naiseen

halunsa elinikäiseen liittoon

tämä on paha rikos saatanan mielestä

sillä hän tarjoaa vain seksiä

irrallista

Kosinut mies

menettää ihmisoikeutensa

oikeutensa lain edessä

Hänestä tulee lainsuojaton

hylkiö

Hän on morsiankandidaatin

oikkujen armoilla

Joutuu mielivallan uhriksi

hän saa ihmisjoukot vastaansa

taistelee yksin

saatana on aina vihannut

avioliittoa

Se särkee pahasti hänen suunnitelmansa

pyrkii estämään

ajamaan jo vihityt avioliitot

karikolle, eroon

Jumala loi ihmisen

mieheksi ja vaimoksi

avioliitto on Pyhä

Jumalalta erottamaton

elinikäinen

saatana sanoo:

avioliitto on naisen alistamista

tarjoaa tilalle tilapäistä seuraa

Onhan se kauheaa

kahlita toinen elinikäisellä rakkaudella

Perhe on yhteiskunnan perussolu

ilman sitä yhteiskunta ei toimi

rakkaus vanhempain

Kristillinen kasvatus

paras kasvupaikka lapselle

Kihlat

Vaikka usein tunnen olevani

maan musta morsian

niin silti kihloja Jeesuksen

kannan minäkin

Vihkipantin vuodatti

Jeesus ristillä

vannoi liiton ikuisen

Isän edessä

Veri todistaa liiton

pysyvän

uhrasi henkensä vuoksi

kaikkein syntieni

Yksin armon varassa

evankeliumin voimasta ammentaen

pääsen häihin Karitsan

ikuisiin

Sokea

"Usko ei ole joka miehen"

näin Raamattu opettaa

harhaoppi on sokaissut monet

harha on heidän elämänsä

oppinsa, henkensä

harhaoppia johtaa saatana

antikristus, väärä profeetta

"Että he sanovat näkevänsä,

he ovat sokeita, heidän syntinsä pysyy heissä"

opetti Jeesus

Sillä jos syntinen näkee olevansa sokea

katuu ja haluaa kääntyä

hylätä synnin ja epäuskon, harhaopin

Jeesus auttaa häntä

On luopumuksen aika

synnin ihminen, kadotuksen lapsi

ilmoitettu

Valehtelee Raamatun Sanasta

keksii omat opit, synnilliset

vaatii tehdä julkisyntiä

keksii harhaopin tueksi

Hän muuttaa tieteen,

politiikan

Keksii uudet teologiat

arvot kadottavat, uuden ihmiskuvan

tarjoaa ihmiselle vapautta

valheellista

"Heidän kaupunkinsa Hän poltti"

Jeesus ennusti itsestään

Sanalla Hän kaataa

viholliset katalat

"sen yksi Sana kaataa"

nimi Kristuksen

voitonlippu sodasta

Sana ei muutu

Kaikki on muuttunut vain kerran

kun Jeesus kuoli ristillä

Hän täytti lain

sovitti ihmisten synnit

Jumalan laki jäi voimaan

ikuinen

Mikä on nyt muuttunut?

on tapahtunut luopumus

synnin ihminen, kadotuksen lapsi

ilmoitettu

antikristus noussut

voimallaan

Millaisia olisivat apostolit, profeetat

nykyaikana

samanlaisia saarnaajia

kuin ennenkin

ei Sana muutu

koskaan

Jumalan voima katoamaton

ikuinen

ilmoitetaan heikkoudessa

"sillä Hän on heikoissa väkevä"

lihavat, voimalliset kukistaa

nöyryyttää

ei siedä pöyhkeyttä

oman kunnian ottoa

"Olkaat urhoolliset,

olkaat vahvat"

Kristuksen sotamies

pukee päälleen kaikki Hengen sota aseet

heikon sotamiehen

Jumala vahvistaa

voimallaan

Jumalan Sana

sama tänään, eilen ja iänkaikkisesti

yksikään Raamatun Sana

ei muutu koskaan

ei oppi

Sen Raamattu todistaa

kertoo

Raamattu on Pyhän Hengen ilmoitus

ei ihmistyö

vailla inhimillisiä heikkouksia

virheitä

Se on Jumalan Sana

ja opetus

Luopumuksen lapsi

kuule kutsu Jumalan

synnin, harhaopin teiltä

vielä kutsutaan takaisin

veren ääni

valmis saarnaamaan

armoevankeliumin

Latsarus, veljemme

"Kuinka työläästi rikkaat tulevat Jumalan Valtakuntaan"

opetti Jeesus

tullimies Sakkeuksella oli Kristityn mieli:

"keltä olen riistänyt, sen maksan nelinkertaisesti takaisin"

parannusta seuraa elämäntapamuutos

ja vääryyksien korjaaminen

niin:

"kuinka työläästi rikkaat tulevat Jumalan Valtakuntaan"

saatana väijyy rikkaan ovella

omistaa hänen kukkaronsa

kun ei usko Jumalaan

ja turvaa Häneen

tekee tilin teoistaan

herralleen saatanalle

Ihmisellä voi olla vain yksi herra

sen Jeesus opetti

työläs on rikkaan

tehdä parannus

Rikkaus ei ole synti

jos sen uskolla omistaa

pröystäilevä elämäntapa

ei ole uskovaista varten

Raamattu neuvoo rikasta

jakamaan köyhille

auttamaan sitä

joka tarvitsee apua

Mihin ihminen tarvitsee muun

kuin kohtuullisen jokapäiväisen leipänsä

"kun teillä on elatus ja vaatteet,

tyytykää siihen"

Kerjäläinen

Latsarus

eli rikkaan miehen pöydän alla

eli hänen armopaloistaan

Latsarus pääsi taivaaseen

Rikkaan miehen palkka hänen almuistaan

oli helvetti

hän ei uskonut Jumalan armoon

elänyt siitä

ei nauttinut uskolla

omaisuudestaan

Avioeron on alkujaan vaatinut Saatana. Hän on naittanut saatanan oman ja käärmeensä keskenään. Heidän avioliittonsa on ollut niin kauhea, että heille on ollut pakko myöntää avioero. Siksi avioeroa on vaikea saada pois maallisesta laista, koska saatana voi tehdä tekonsa uudelleen. Kirkon ei kuuluisi myöntää avioeroa. saatana vaatii avieroja, vihaa avioliittoa ja tekee kaiken voitavansa avioliittojen särkemiseksi.

Armeija valmentaa sotatilannetta varten. Sotaan kuuluu kuolema ja kaatuminen. Perheenäitiä ei saisi päästää rintamalle vaarallisiin tehtäviin, joissa voi kuolla. Nainen varmasti sota aikanakin kelpaa varuskuntiin kouluttajaksi. Samoin hän voi toimia esim. viestikeskuksissa, joissa kuoleman vaara on pieni.

Jumala tuomitsi kovasti huorinteon

Mooseksen kautta

laki on voimassa

se on täytetty,

ei kumottu

Tanssiminen on huorinteko

huorinteosta tulee tuomio

synnistä voi tehdä parannuksen

saada armon

Kristuksessa meillä on voitto

perkeleen kahleista

armahdus

synneistä

"Pidä aina mielessä loppusi,

niin et sinä koskaan syntiä tee"

jokaisen on kerran kuoltava

kohdattava tuomari

armahtava niille

jotka uskoivat armon

ahkeroivat synnin poispanijoina

heitä ei toinen kuolema

kadotus

kohtaa

Ihminen on Jumalan teko

Ihminen on Jumalan teko

Hänen käsialaansa

hänen salaisuutensa tietää vain Jumala

käärmeen salaisuus kuitenkin kerrottakoon

hänet on saatanan oma tehnyt huorin

hänen sisällään asuu saatana

ohjaa hänen tekojaan

vetoaa Jeesukseen

vihaa häntä...

saatana elää pimeydessä. Hän on maan päällä ihmisen hahmossa mies. Hän on henkiolento ja ei voi tulla lihaan, vaan hän menee häntä palvovaan ihmiseen ja valtaa hänen ruumiinsa ja mielensä. saatana on paha ja hänen on vaikea tulla julki. Hänellä on naisia, joita käyttää julkiseen työhön, koska naista on vaikea tuomita. Siksi saatana vaati tasa-arvon ja seksuaalisen vapauden, että voi tulla niiden avulla pimennosta esille.

On kirjoitettu:

”niinä päivinä ihmiset etsivät kuolemaa

ja kuolema pakenee heitä”

kadotettujen synnit tulevat julki

he toivovat vuorten kaatuvan päälleen

jotta ne peittäisivät heidän häpeänsä

he pyytävät eutanasiaa

joka on murha

päättääkseen elämänsä

sillä Jumalan rangaistus ja tuomio

lankeavat ihmisten päälle

ihmiset luopuvat Jumalasta

luulevat olevansa elämän ja kuoleman herroja

he näkevät

Jumalan tuomion

Jumala on liittänyt heidät yhteen

hääyönä toteutuu Jumalan tahto

he tulevat yhdeksi lihaksi

sillä näin Jumala tahtoi

jo luomisen hetkellä

ja he kuuluvat toisilleen

ja ovat sidotus toisiinsa

"Minkä Jumala on liittänyt yhteen,

sitä älköön ihminen erottako"

Jeesus ei ollut maailmanparantaja

Hän oli herättäjä

joka puhutteli synnistä

"Miksi te minua hyväksi sanotte.

Yksin Jumala on hyvä."

Hän vastasi opetuslapsille

Kerran Jeesus on tuomari

tulisilmäinen

tuomitsee maailman synnin

armon aika on ohi

on myöhäistä katua

Uskovaisen osa

ei tarjoa helppoa elämää

se tarjoaa rauhan Kristuksessa

kuoleman kohdatessa

marttyyrit selleissään

odottaessaan kuolemantuomiotaan

lauloivat kiitosvirsiä

kun he kävelivät mestattavaksi

he kiittivät Jumalaa

edessä siinsi jo

uusi Isänmaa

"Kun elämä parhaiten onnistunut on,

se on työtä ja tuskaa ollut"

sanoo Raamattu

usko on ristin kantoa

pilkkaa, vaivaa

Kristuksen nimen tähden

Se on kuitenkin

"vanhurskautta, iloa ja rauhaa,

Pyhässä Hengessä"

2 Kohti aamun kirkkautta

Kerran ikuinen kirkkaus

Valo loistaa Suviseuroista.

Tulee ikään kuin kotiinkin,

seuraradion välityksellä.

Internetistä yli koko maailman.

Kirkkain valo kerran,

loisti ristiltä.

Sama valo yhä,

heijastuu suviseurakansan kasvoilla.

Se valo kertoo pelastuksesta

ja syntien anteeksi antamisesta.

Se on puhtauden,

armon, sovituksen ja autuuden valoa.

Suviseuravalo, Kristuksen armon valo.

Siinailta loisti toisenlainen valo,

lain valo.

Mutta joka on osallinen ensimmäisestä ylösnousemisesta,

armosta,

ei kohtaa Siinain valoa.

Onko vain yksi valo?

Pimeydestä loistaa

monenlaista sielunvihollisen

keinovaloa.

Mutta vain yksi valo

on elämän valoa.

Vain yksi valo

on Kristuksesta lähtöisin.

Seuroissa ja Iltakylissä

Siionin Vuorelta loistaa Armon Aurinko

armon virta kulkee matalalla

virvoittaen väsynyttä matkamiestä

Seuroissa valkeus

Iltakylät heijastavat seuroja

parhaimmillaan,

seurustelun sakramentti kirkastaa

ja vahvistaa

Sanaa

Seuroissa sai hetken levätä

matkasta

Iltakylässä

rentoutua

valmistautua työ- ja opiskeluviikkoon

Joskus puhe kääntyy tärkeimpään

Valkeus

joka Kristuksen kasvoilta loistaa

valaisee vielä Siionissa

peittäen alleen maailman

pimeyksineen

pimeys ei ole saanut valkeutta

mutta se kiusaa valkeutta

hidastaen matkaa

Jumala on kuitenkin edelleen

seurakunnassaan

siksi sen muurit eivät horju

vaan sen peruskallio on Kristus

elämän ja kuoleman Herra

ja valkeus tiellämme

Maailman valkeus,
Rakkaus seimessä
ristillä
Jotta minä pelastuisin
Hinta oli kallis
miksi minä ansaitsin sen?

Siinä on Jumalan Rakkaus

Tienviittoja

Erämaassa kulkee polku.

Se on jo ennalta kuljettu, avattu,

se on myös merkitty.

Polku kuitenkin haarautuu jatkuvasti.

Tienhaaroissa on viittoja.

Viitat kertovat: "käänny tänne",

mutta ne eivät kerro,

minne vievät ja mikä siellä on polun kunto.

Polulla on risteyskohtia.

Aina oikea polku ei näytä paraskuntoisimmalta.

On suuren edelläkävijän askeleet seurata.

Vierellä saattomies oppaana,

ohjaten

mikä polku lopulta on oikea.

Joskus usko on luopumistakin.
Usko ei kuitenkaan ole vain luopumista.
Sillä "ei kynttilää laiteta vakan alle."
Anna Jumala,
kynttiläni palaa oikealla pöydällä.

Jumala

ole kanssani niinäkin päivinä

kun kyllä määränpää on selvillä

mutta hapuillen etsin

oikeaa reittiä

johdata

Autuuden portti
siellä missä uskovainen.

Kun tartut siihen
ja astut sisään
olet iäisyysmatkalla
kohti Taivaan kotia.

Tiellä matka
voi olla joskus raskas.

Vierellä käy kuitenkin saattomies,
joka keventää kuormaa.

Yhdessä matka on kevyempi.

Sanan kuulossa,
päämäärä näyttää kirkkaammalta.

Saa levätä.

Monesti,

matkalla.

Valheen verkot vaanivat ympärillä.

Ohuet seitit

joita on vaikea huomata.

Paksut riimuverkot,

jotka kyllä huomaa,

mutta jotka on vaikea sivuttaa.

Houkuttelevat,

tarjoavat menestystä,

valheellista vapautta.

Herra voimia anna,

pysyä tielläsi!

Kaikista ovista et tiedä,

mitä takaa aukeaa,

ennen kuin aukaiset oven.

Sen jälkeen voi olla myöhäistä.

Oli vain Siionin neuvo,

tyhmältä tuntuva ohje:

"elä avaa".

Katuvalle tosin kuuluu Siionista,

edelleen kutsu:

"sinunkin syntisi on ristillä sovitettu,

ylitsekäymisestäsi on maksettu lunastushinta."

Maailmasta loistaa pimeyden kajastus

väärä valo

joka vie harhaan

kuin kalkittu tyhjä kuori

Jumalan Sanan valo

paljastaa valheen

ja näyttää totuuden

pimeys ei kestä sitä

Vaikka on sumuista

elä Jumala anna

pilvien peittää aurinkoa

että näkisin kulkea.

Kannathan silloin

kun tieni käy

silmäkkeisillä soilla.

Nosta

kun vajoan.

Pidä aina oikeilla teillä.

Ihminen

matkalainen

Iäisyystiellä.

Teitä on vain kaksi,

joita kulkea.

Kuolema on kuin portti,

joka erottaa matkan päämäärästä.

Portin takana on joko iankaikkinen ilo tai itku.

Kumpaa polkua kuljet?

Kummalle portille saavut?

Tie

kapea polku

polusta haarautuu paljon sivupolkuja

usein ne ovat leveämpiä

ne näyttävät paremmilta

mutta johtavat rotkoon.

Jumala

anna minun muistaa

että olemme täällä vain matkalla

vieraina, muukalaisina

matkamme on lyhyt

sen iankaikkisuuden rinnalla

minne olemme matkalla

kotimme on taivaassa

vaikka täällä saamme kokea vaivaa

taivaallinen voittopalkinto on ikuinen

mittaamaton,

ihmismielen kuvailemattoman ihana

kannattaa kilvoitella

vielä tämä lyhyt matka

lopussa voittajat kruunataan

Istuisinko seurapenkkiin

Kun elämä vastustaa

Jeesus ristiäsi kantaa

haluan

Vaikka se joskus painaa

kannoithan itse kuitenkin

sen raskaamman pään

Kun ahdistaa

haluan muistaa

kuinka sinäkin

verta Getsemanessa hikoilit

Kun kiusaus koittaa

senkin kestit

kun temppelin harjalla

sielunvihollisen kanssa seisoit

ja Jumalan Sanalla

vihollisen torjuit

Kun lankean

siksi sinä ristillä kuolit

ja armosi jätit

siinä on autuuteni ja elämä

Meinaan nääntyä

tuskaa

Miksi seurapenkkini on jo pitkään,

ollut tyhjä

Aukaisen nettiseurat

en ehkä olekaan ainoa

yksinäinen

Saan ruokaa

mutta kaipaan seuroihin

Kun usko tuntuu heikolta

käännän mieleni Jeesus lupaukseesi

"Ei yhdenkään, joka sinuun uskoo,

pidä hukkuman,

vaan iankaikkisen elämän saaman"

Tiedän sen lupauksen pitävän

tiedän, että kun vain jaksan uskoa

perin voittopalkinnon

Siionin ostolauma Sanan kuulossa

Pyhä hetki

hiljentyä elämän veden virroilla

Sana ravitsee nälkäistä sielua

veren virrat puhdistavat sydäntä

"saarnatkaa syntejä anteeksi nimessäni"

kuten sen Jeesus opetti

"ilman verenvuodatusta ei ole,

yhtään syntien anteeksiantamusta"

sen Raamattu todistaa

Seurat

luovat kuolleesta uutta elämää

Sanan kuulossa väsynyt sielu saa ravintoa

virvoitusta

Keitaita erämaassa

elävän veden äärellä

Kun maan päälle laskeutuu synnin yö

jonka pimeyteen voisi nojata

loistaa edelleen Siionista

Kristuksen armoaurinko

osatonta kutsuvana,

omiaan vahvistavana

lohduttavana, auttavana

Seurat loistavat aurinkona maan päällä

ne peilaavat taivaallista Jumalan valkeutta

Sanan valoa

armon ja rauhan valoa omilleen

lain kuun valoa armosta osattomille

tarjoten ikuista rauhaa

sen vastaanottajalle

Aikoinaan Jerikon muurit

kaatuivat soittoon

Vielä tänään

Jumalan kansan matkalaulu

kuin muurinmurtaja

Vankka perustus

"Uskotkos profeetat, kuningas Agripa?"
kysyi Paavali aikoinaan ja jatkoi:
"tiedän, että uskot".
Moni uskoo kyllä Jumalan olemassaoloon
mutta moniko myös tuntee Jumalan
Jumalan kaikkivaltiaana armahtavana Isänä
ja Jeesuksen syntiensä sovittajana
Sanan ja Pyhän Hengen elämänsä oppaana
sillä pelkkä tieto ei tee autuaaksi

Hiili,

jolla seraphi kävi Jesajan huuliin,

evankeliumi,

edelleen Siionissa.

Jumalan kansa

jatkaa ennen uskoneiden työtä.

Armo ja lohdutus

siellä missä Jumalan lapsi.

Profeettojen näyt ja unet.

Käsittämättömät,

selittämättömät ilman Pyhän Hengen valkeutta.

Hulluus,

yrittää ymmärtää ilman henkeä.

Tulkittavissa vain uskon kautta.

Ymmärsivätkö profeetat itse kaikki ilmoituksena?

Eivät ymmärtäneet.

Osa on vielä tänäänkin peitetty.

Raamattu aukeaa ajallaan,

sitä mukaa,

kuin on Jumalan aika.

Nooa saarnasi yli sata vuotta

joka aamu hän varmasti heräsi toiveikkaana

ensimmäisestä parannuksentekijästä

mutta sitä ei tullut

Siionin muurin vartijat

älkää vaietko

maaperä tosin on kuiva

mutta joskus siemen voi löytää kuohkean kasvupaikan

missä Jumala on ohdakeryppäiden väliin

suonut viljavan maaperän

uusi kasvu voi alkaa

Ei mennyt silti varmasti Nooankaan saarna hukkaan

terveet oksat saivat virvoitusta

tänä päivänä on samoin

Jaakob laittoi aikoinaan kiven päänsä alle,

nukahti

ja näki tikkaat, taivaan

ja Herran.

Kivi, jolta näkyvät taivaan portaat

edelleen Siionissa.

Öljymäen rinteellä
nukkuu pieni joukko huoleton
yksin Vapahtajamme tuskissaan
hikoillen rukoilee

On edessä tuskan yö
piina kauhea, väärä tuomio
ruoskan iskut, pilkka
orjantappurakruunu

Yö päättyy ristille
syntimme saavat sovituksen
Käsiin Isän Jumalan
Hän heittää henkensä

On syntimme sovitettu

Job,

Jumalan mies

kärsi

Kovat olivat Jumalan sallimat koettelemukset.

Job ei kärsinyt rangaistusta

silti kovat olivat tuskat ja menetykset

Jumalan puhutellessa,

myös Job joutui silti huomaamaan,

että myös hänessä itsessään oli vikaa.

Job sai lopulta kaiken takaisin,

sekä omaisuuden, että terveyden

ja jopa enemmän kuin ennen.

Ihminen tekisi mielellään jotain autuutensa eteen

niin on ollut aina

Kun profeetta Elisa neuvoi sotapäällikkö Naamania

kuinka parantua

Naaman vihastui yksinkertaisesta neuvosta

totteli sitten kuitenkin lopulta

ja parani

Sarpatin lesken kotona oli vain tyhjiä astioita

ja pikkuisen öljyä

mutta öljy ei astioita täytettäessä loppunut

niin se on seuroissa tänäänkin

tyhjiin astioihin kaadetaan öljyä

eikä evankeliumin öljy lopu

Ihminen on aina halunnut olla

Jumalan kaltainen

että hänellä olisi valta

päättää syntymästä ja kuolemasta.

Eikä hänelle kelpaa ajatus

Jumalan säädöksistä

ja Jumalan vahvistamista liitoista.

Koska ihminen on itsekäs

hänen mielestään synti vaatii peitteen.

Eikä ilmiö ole uusi

jo tuhansia vuosia sitten

oli baalin palvojien riettaat juhlat

elävän Jumalan palvelijoiden pilkka

ylenkatse

Ei ole maanpäällä

ollut mitään suurempaa

kuin Jeesus

Sillä Hänen kauttaan ja hänessä

kaikki on luotu.

Hänen ansiossaan

meillä on myös

ikuisen elämän toivo.

On vain yksi oppi,

yksi usko,

yksi kaste.

Vain yksi tie

ja yksi totuus,

vain yksi Jumalan Valtakunta,

ei kahta.

Jumala. Taivaan rannan maalari

Idän taivas rusottaa

kuin merkkinä kansalle

joka odottaa uutta isänmaata

He kokoontuvat vuorelle

kuuntelevat Sanaa

laulavat

ikävöivät, vaikka hymyilevät ja nauravatkin

Kerran kuuluu pasuunan soitto

muuttolinnut muuttavat kotiin

oikeaan Isänmaahansa

Avain

Pyhä Henki

mahdoton määritellä sanoin

mahdoton ihmisymmärryksellä ymmärtää

sen tuntee vain sen omistaja

ulkopuoliselle arvoitus

Raamatun ymmärtäminen

vaatii avaimen

avain on Pyhä Henki

ilman sitä "lukot" eivät aukea

Elävän veden virta

ehtymätön

Armon meri

pohjaton

Totuus

Jeesus Kristus kuoli ja kärsi edestäni

ja elää,

ja minä olen armahdettu syntinen,

joka tarvitsee sitä armoa joka päivä.

Siinä se on

Jumala,

sinä teen mitä sinä haluat.

Me ihmiset teemme sen,

mihin pystymme

ja mihin annat siunauksesi.

Jumala,

tee minut tyytyväiseksi siihen

mitä annat,

sillä siinä on kaikki,

ja se on parhaakseni.

Sana

kaikki sen voimalla luotu

kaikki sen varassa

kuin rakennus perustuksen

kerran Sana otetaan pois

vasta kerran

kun on kaiken lopun aika

Meren myrskytessä

Nostan silmäni taivasta kohti,

tietokoneen äärellä.

Jossa sosiaalinen media.

Tuo riippuvuutta,

rauhattomuutta.

Vyöryy internet koteihin

kaikki sen tiedon tulva.

Sen viihdeturmelus.

Myös hyödyllinen tieto.

Tieto ja harha.

Seurassa armolasten.

Haluan taivaltaa.

Median myllertäessä.

Maailman kuohuessa.

Tunnon puhtaudessa.

Odottaa uskovaista kerran taivas,

jossa media,

maailma ei myllerrä.

Ikuista päämäärää kohti.

Suuntaan polkuni.

Menestysoppaat antavat ohjeita
kuinka voi valita niin,
että on aina voittajan puolella.
Jumalan lapsi tähyää kotirannalle,
pyrkien oikeudenmukaisuuteen
ja Jumalan tahdon mukaisiin ratkaisuihin.
Joskus on asetettava toisen etu
oman edun tilalle.
Oltava yhteisöllinen,
ajateltava yhteistä etua.
Rakentaa.
Yhdessä.
Jumalan Sanan mukaisesti.

Hedelmistään puu tunnetaan.

Hyvä puu kantaa hyviä hedelmiä.

Voiko hyvä puu kantaa myös mätiä hedelmiä?

Silloin sen on täytynyt saada oksastus huonosta puusta.

Viihteellistä joulua,

viettämään valmistuu maa

Niin, kumpi onkaan tärkeänpää

kaupallisuus ja hetken hekuma pikkujouluissa

vai Seimen Lapsi?

Valvojat vartiossa

on aika häilyvä

Pimeys maailman verhoaa

eikö pimeys valoa kuule?

Vartija tarvitsee ruokaa

jaksaakseen valvoa

Sitä Sana Jumalan

lapsilleen tarjoaa

Etulinjassa olemme

on valvottava valppaana

taistelut käyvät

usein kuumina

On torjuntataisteluja

ja asemasotia

vain vähän rauhaa

saa nauttia

Torjuntataistelija rakastaa
rauhaa ja hiljaisuutta
Varottava kuitenkin
houkutusta väärän rauhan

Myös iloita joskus saa
kun saa levätä
olla seurassa uskovain
matkasta puhuen

Kerran alkaa
taistelijalla lepo
Saa vartiopaikan vaihtaa
ikikunnian rauhaan

Jumala,

anna minulle oikeudenmukaisuutta

kun sitä tarvitsen

muistaa,

että vihollistakin on rakastettava

Jumala johdata

tahtosi mukaista tietä

vie kerran Taivaaseen

Anna välietappien matkalla

olla rakentavia

tukevia

vahvistavia

Kerran voittoseppele päähäni paina

Vaikka on sumuista

elä Jumala anna

pilvien peittää aurinkoa

että näkisin kulkea.

Kannathan silloin

kun tieni käy

silmäkkeisillä soilla.

Nosta

kun vajoan.

Pidä aina oikeilla teillä.

Myrskyävä meri

pelokkaat opetuslapset

Sana

ja tyven

Elämän ristiaallokko

Sana

ja lohdutus

Heikkous

Sana

ja vahvistus

Jumala,

sinun rauhasi anna.

Kun maailma myrskyää,

kun kiusausten laineet lyövät,

rauha anna.

Anna Sinun rauhasi.

Ei sitä, mitä maailma antaa.

Näen kevätpurojen sulavan.

Niistä tulee virta.

On monenlaisia virtoja.

On voimakkaita maailman sakeita virtauksia,

on sinun kristallinkirkkaita virtojasi.

Herra rauhasi anna.

Sinun rauhasi.

Pääsiäisaamu koittaa.

Kristus on ylösnoussut!

Herra, minullekin rauhasi anna.

Netissä virtaava Sana

Vuori kohoaa muita vuoria korkeammaksi

loistaa valoaan yli kansojen

nettiseurat

"ei kynttilää laiteta vakan alle"

eikä vuorella oleva kaupunki jää huomaamatta.

Kotisohvalle soljuu Sana

puhuttelee, lohduttaa ja vahvistaa.

Tarjoaa evankeliumia.

Sana, sama

vanha, ikiaikainen ja aina tuore.

Soljuu Isän sydämeltä

ehtymätön.

Minä syntinen

maata,

tuhkaa ja lokaa.

Vaan veressä on voimaa,

ja armo ei lopu.

Evankeliumin virratessa,

maa saa kuohkeutta,

ja alkaa jälleen kukoistamaan.

Uupuneena,

nääntyneenä,

raahaudun tietokoneen ääreen ja avaan seuralähetyksen.

Tunnin kuluttua lähetys päättyy,

minäkin olen virvoittuneena.

Koronasuviseurat
Valo taivaasta hohtaa kalliolle.
Sana, taivaasta peräisin
kaikuu kalliolta,
jonka perus on Kristus.
Sana,
on armoa ja totuutta,
rakkautta ja iloa,
mutta myös parannussaarnaa.
Sattuu ja parantaa
ei palaja tyhjänä.
Tänä vuonna kalliota,
ei verhonnut teltta
vaan tiilirakennus.
Sana, silti sama
nyt ja iäti.

Aika on Jumalan hallussa

Parannusta ei tehdä vain omasta tahdosta

vaan kutsujan armosta

sitä ei oteta kuin kaupan hyllystä

kun itse haluaa

Siksi kun kuulee Jumalan kutsun

ei kannata aikailla

Iankaikkisuus ei ole miljardi vuotta

Se on paljon pidempi

ikuisuus

Olemme täällä maanpäällä

vai lyhyen hetken,

käymässä

Usein pilkkaa ja ylenkatsetta kärsien.

Moni sanoo

ettei järki salli kulkea kohti taivasta

Eikö silloin järki ole tullut hulluudeksi?

Heikot taivaassa kruunataan.

Meidät on luotu,

maailman suolaksi ja valoksi.

Ei eristäytymään,

omiin oloihimme.

Mikä on minun paikkani,

asettaa kynttilä,

suitsevainenkin,

pöydälle valaisemaan?

Vuodet vierivät

opit tulevat ja menevät

valtakulttuurit nousevat

ja katoavat.

On jotain pysyvää

Jumalan sana on muuttumattomana,

aina sama ja ajankohtainen.

Jo vuosituhansia sitten,

se Jumalan johdatuksesta,

kirjoitettiin ylös.

Jo silloin,

Jumala näki myös tämän ajan.

Jo tähän päivään,

antoi tekstin,

Sanan.

Siinä on kaikki,

mitä tarvitaan.

"Maasta sinä olet tullut."

Pieni matka tehtävineen.

Lihassa.

Vain käymässä.

Sillä ihminen on luotu

taivasta varten.

"Maaksi sinun pitää jälleen tulevan."

Maaksi, maata.

"Jeesus Kristus

 on sinut viimeisenä päivänä herättävä."

Uskollisen pikku taipaleen palkka,

on suuri taivaan ilo.

Miksi suurin osa ihmisistä valitsee tien,

iloita hetki, sekin tuskassa,

ja päätyä loputtomaan vaivaan.

Kerran ikikevät

Neljä vuodenaikaa
Pohjolan rikkaus
Osaisikohan kesästäkään nauttia
ilman koettuja talvipakkasia
Ilman hiihtoreissuja
pilkkireissuja
ilman pientä palelua

Säilytä Jumala sydämissämme
ikikesä
Ilman jäätävää pakkasta
Armon virrat juoksevina
anna Sanan elävän virran
koskettaa horjuvaa
ruokkia, ravita kansaasi

Taivaassa ikisuvi
Pääseeköhän siellä hiihtämään?
Onkohan siellä kalavesiä?
Mistäs sen tietää
sen haluan kerran nähdä
vielä en sitä tiedä,
mutta sen tiedän,
että siellä juoksevat rammatkin

Suviseurateltta hulmuaa tuulessa

seurakansa parveilee ympärillä

Mieleen nousevat sanat:

"Te olette Pyhä kansa, kuninkaallinen pappeus"

Jumalan kuninkaalliset

syömässä

elämän leipää

levähtämässä, virvoittumassa

matkan vaivoista

Lehdet kuolevat puissa

maa valmistautuu

ottamaan vastaan lumipeitteen

Jumala,

anna sydämissämme pysyä

Armoauringon lämmön

Golgatalta loistavan valkeuden

valaista askeleemme

pimenevissä illoissa

on syksy,

muuttolinnut tekevät lähtöä

Jumala,

anna pitkä syksy

jotta vielä ulkona olevat

kerkeävät löytää kotiin.

Ei kuitenkaan niin pitkä,

että vartijat väsyvät.

kerran on aina kesä

Kalliolle perustettu Valtakunta

Vuoret vaipuvat mereen

ihmiskunnian kukkulat

Merestä nousee yksi vuori yli muiden

Siionin vuori

jonka valkeus loistaa yli kansojen

Sana kuuluu yössä ja päivässä:

"Tehkää parannus ja uskokaa evankeliumi."

Kirkkaus loistaa maailman yllä

pimeys yrittää verhota sen harsoonsa

siinä kuitenkaan onnistumatta

"sillä ei sitä kaupunkia voi peittää,

joka vuorella on"

On vain yksi Paimen
Paimenella on monta suuta
mutta paimenen virka on yksi,
ja yhtenäinen.
Paimen seisoo laumansa keskellä
lampaita on ympäri maailman
mutta lauma on yksi.

Kalliolle perustettu valtakunta.
Monta seurakuntaa,
mutta yksi valtakunta ja yksi pää.
Sama perustus ympäri maailman,
missä Jumalan Lapset kokoontuvat.
Sama Henki.
Sama uskon ymmärrys.
Yksi ruumis.
Koko valtakunta sen jäseninä.
Jumalan Ostolauma.
Kristus sen Herra ja kuningas.

Taivaanrannalla sateenkaari

Kerran, sateenkaarta ei ollut,

vedet täyttivät maan

Jumalan lupaus

ei enää vedellä

Kuinka kauan katsot Sodomaa ja Gomorraa?

Herra,

kaikessa johdata ja siunaa

Anna työllesi menestys

kansaasi suojele

vaaroilta varjele

Kerran uskossa anna

meidän matkamme päättää

Jumala on Rakkaus
Isä,
joka uhrasi ainoan Poikansa
siksi,
kun minä lankesin syntiin.

Sen Rakkauden tähden,
minäkin olen autuas.

"Ei omista töistä, ettei yksikään kerskaisi."
Ansiottomana,
uskoa,
armosta.
Pelastus vain Jumalan Rakkauden tähden.

Uhrilammas.
Jeesuksen ansiotyö,
syytön, viaton,
edestämme.
Isä ja Poika.
Siinä on Rakkaus.